창비시선 86

辛 夕 汀 詩 選 集

그 먼 나라를 알으십니까

창비

차   례

제 3 부 氷 河

제 4 부 　대바람 소리

제 5 부 地上의 天使

제 1 부 촛 불

임께서 부르시면

가을날 노랗게 물들인 은행잎이
바람에 흔들려 휘날리듯이
그렇게 가오리다
임께서 부르시오면……

호수에 안개 끼어 자욱한 밤에
말없이 재 넘는 초승달처럼
그렇게 가오리다
임께서 부르시면……

포근히 풀린 봄 하늘 아래
굽이굽이 하늘가에 흐르는 물처럼
그렇게 가오리다
임께서 부르시면……

파— 란 하늘에 백로가 노래하고
이른 봄 잔디밭에 스며드는 햇볕처럼

그렇게 가오리다
임께서 부르시면……

그 꿈을 깨우면 어떻게 할까요?

어머니
산새는 저 숲에서 살지요?
해 저문 하늘에 날아가는 새는
저 숲을 어떻게 찾아간답니까?
구름도 고요한 하늘의
푸른 길을 밟고 헤매이는데……
어머니 석양에 내 홀로 강가에서
모래성 쌓고 놀을 때
은행나무 밑에서 어머니가 나를 부르듯이
안개 끼어 자욱한 강 건너 숲에서는
스며드는 달빛에 빈 보금자리가
늦게 오는 산새를 기다릴까요?

어머니
먼 하늘 붉은 놀에 비낀 숲길에는
돌아가는 사람들의
꿈같은 그림자 어지럽고

흰모래 언덕에 속삭이던 물결도
소몰이 피리에 귀기울여 고요한데
저녁 바람은 그 무슨 이야기를 하는지
언덕의 풀잎이 고개를 끄덕입니다
내가 어머니 무릎에 잠이 들 때
저 바람이 숲을 찾아가서
작은 산새의 한없이 깊은
그 꿈을 깨우면 어떻게 할까요?

나의 꿈을 엿보시겠습니까

햇볕이 유달리 맑은 하늘의 푸른 길을 밟고
아스라한 산 너머 그 나라에 나를 담숙 안고 가시겠
습니까?
어머니가 만일 구름이 된다면……

바람 잔 밤하늘의 고요한 은하수를 저어서 저어서
별나라를 속속들이 구경시켜주실 수가 없습니까?
어머니가 만일 초승달이 된다면……

내가 만일 산새가 되어 보금자리에 잠이 든다면
어머니는 별이 되어 달도 없는 고요한 밤에
그 푸른 눈동자로 나의 꿈을 엿보시겠습니까?

출출한 밤

새새끼 포르르 포르르 날아가버리듯
오늘밤 하늘에는 별도 숨었네

풀려서 틈가는 요즈음 땅에는
오늘밤 비도 스며들겠다

어두운 하늘을 제쳐 보고 싶듯
나는 오늘밤 먼 세계가 그리워……

비 나리는 출출한 이 밤에는
밀감 껍질이라도 지근거리고 싶고나!

나는 이런 밤에 새끼꿩 소리가 그립고
흰 물새 떠다니는 먼 호수를 꿈꾸고 싶다

化石이 되고 싶어

하늘이 저렇게 옥같이 푸른 날엔
멀리 흰 비둘기 그림자 찾고 싶다

느린 구름 무엇을 노려보듯 가지 않고
먼 강물은 소리없이 혼자 가네

뽑아올린 듯 밋밋한 산봉우리 곡선이 또렷하고
명랑한 날이라 낮달이 더욱 희고나

석양에 빛나는 가마귀 날개같이 검은 바위에
이런 날엔 먼 강을 바라보고 앉은 대로 화석이 되고
싶어……

그 먼 나라를 알으십니까

어머니
당신은 그 먼 나라를 알으십니까?

깊은 삼림지대를 끼고 돌면
고요한 호수에 흰 물새 날고
좁은 들길에 야장미 열매 붉어
멀리 노루새끼 마음놓고 뛰어다니는
아무도 살지 않는 그 먼 나라를 알으십니까?

그 나라에 가실 때에는 부디 잊지 마서요
나와 같이 그 나라에 가서 비둘기를 키웁시다

어머니
당신은 그 먼 나라를 알으십니까?

산비탈 넌즈시 타고 나려오면
양지밭에 흰 염소 한가히 풀 뜯고

길 솟는 옥수수밭에 해는 저물어 저물어
먼 바다 물소리 구슬피 들려오는
아무도 살지 않는 그 먼 나라를 알으십니까?

어머니 부디 잊지 마서요
그때 우리는 어린 양을 몰고 돌아옵시다

어머니
당신은 그 먼 나라를 알으십니까?

오월 하늘에 비둘기 멀리 날고
오늘처럼 촐촐히 비가 나리면
꿩소리도 유난히 한가롭게 들리리다
서리가마귀 높이 날아 산국화 더욱 곱고
노란 은행잎이 한들한들 푸른 하늘에 날리는
가을이면 어머니! 그 나라에서

양지밭 과수원에 꿀벌이 잉잉거릴 때

나와 함께 고 새빨간 능금을 또옥 똑 따지 않으렵니

까?

봄의 유혹

파란 하늘에 흰구름 가벼이 떠가고
가뜬한 남풍이 무엇을 찾아내일 듯이
강 너머 푸른 언덕을 더듬어 갑니다

언뜻언뜻 숲새로 먼 못물이 희고
푸른빛 연기처럼 떠도는 저 들에서는
종달새가 오늘도 푸른 하늘의 먼 여행을 떠나겠습니다

시냇물이 나직한 목소리로 나를 부르고
아지랑이 영창 건너 먼 산이 고요합니다
오늘은 왜 이 풍경들이 나를 그리워하는 것 같애요

산새는 오늘 어디서 그들의 소박한 궁전을 생각하며
청아한 목소리로 대화를 하겠습니까?
나는 지금 산새를 생각하는 '빛나는 외로움'이 있습
니다

임이여 무척 명랑한 봄날이외다

이런 날 당신은 따뜻한 햇볕이 되어

저 푸른 하늘에 고요히 잠들어보고 싶지 않습니까?

秋果三題

밤

명랑한 이 가을 고요한 석양에
저 밤나무 숲으로 나아가지 않으렵니까?

숲속엔 낙엽의 구으는 여음이 맑고
투욱 툭 여문 밤알이 무심히 떨어지노니

언덕에 밤알이 고이 져 안기우듯이
저 숲에 우리의 조그만 이야기도 간직하고

때가 먼 항해를 하여 오는 날 속삭이기 위한
아름다운 과거를 남기지 않으려니?

감

하얀 감꽃 꿰미꿰미 꿰이던 것은

오월이란 시절이 남기고 간 빛나는 이야기거니

물밀듯 다가오는 따뜻한 이 가을에
붉은 감빛 유달리 짙어만지네

오늘은 저 감을 또옥 똑 따며 푸른 하늘 밑에서 살
고 싶어라
감은 푸른 하늘 밑에서 사는 붉은 열매이어니

석 류

후원에 따뜻한 햇볕 굽어보면
장꽝에 맨드라미 고웁게 빛나고

마슬 간 집 양지끝에 고양이 졸음 졸 때
울 밑에 석류알이 소리없이 벌어졌네

투명한 석류알은 가을을 장식하는 홍보석이어니

　누구와 저것을 쪼개어 먹으며 시월 상달의 이야기를

남기리……

봄이여 당신은
나의 침대를 지킬 수가 있습니까

당신은 어찌하여 내가 나의 침대 가까이
당신을 부르는 줄을 알으십니까?
그리고 당신은 어김없이 나의 침대 옆에
그 조심스런 발자욱을 옮길 수가 있겠습니까?
봄이여 ——

나는 당신이 이 명랑한 녹색 침대를 가져온 줄을 누
구보다도 잘 알고
또 나로 하여금 고요한 잠을 재우기 위하여 해도 채
저 산을 돌아가기 전에
처 아득한 먼 숲의 짙은 그늘 밑에서 평화한 밤을
준비하여 안개 자욱한 호수 우으로 가만히 나에게 보
낼 것을 알고 있습니다
봄이여 ——

햇볕을 즐기는 저 작은 산새들과 어린 들비둘기들까
지도

그들의 소박한 침대로 다 돌려보내고

먼 강의 출렁— 기슭을 씻는 물결도 잠을 재운 뒤

푸른 별들을 하나씩 둘씩 그 고요한 강 속으로 흘려
보내고

당신은 당신의 밤을 밝히는 저 달에게까지 면사를
씌운 뒤

대지에서 소리없이 피어나는 이것들의 푸른 꿈을 글
쎄 가만히 바라보시렵니까?

그 어느 나직한 언덕에 앉아서……

봄이여! 당신은 젖먹이의 볼처럼 부드럽고 명랑한
녹색 침대를 나에게 주고

장엄하게도 평화한 밤을 나에게 제공하듯이

내 생활의 일과 중에서 가장 큰 '잠'이 꿈도 없이 평
온하게 들기 전에

훌륭한 아침을 나에게 가져올 것을 약속하고

나의 '잠'이 깨워질 때까지

당신은 나의 침대를 지킬 수가 있습니까?

언제까지나……

봄이여 ──

아직 촛불을 켤 때가 아닙니다

저 재를 넘어가는 저녁해의 엷은 광선들이 섭섭해합
니다
어머니 아직 촛불을 켜지 말으서요
그리고 나의 작은 명상의 새새끼들이
지금도 저 푸른 하늘에서 날고 있지 않습니까?
이윽고 하늘이 능금처럼 붉어질 때
그 새새끼들은 어둠과 함께 돌아온다 합니다

언덕에서는 우리의 어린 양들이 낡은 녹색 침대에
누워서
남은 햇볕을 즐기느라고 돌아오지 않고
조용한 호수 우에는 인제야 저녁 안개가 자욱이 나
려오기 시작하였습니다
그러나 어머니 아직 촛불을 켤 때가 아닙니다
늙은 산의 고요히 명상하는 얼굴이 멀어가지 않고
머언 숲에서는 밤이 끌고 오는 그 검은 치맛자락이
발길에 스치는 발자욱 소리도 들려오지 않습니다

멀리 있는 기인 둑을 거쳐서 들려오는 물결소리도
차츰차츰 멀어갑니다

그것은 늦은 가을부터 우리 전원을 방문하는 가마귀
들이

바람을 데리고 멀리 가버린 까닭이겠습니다

시방 어머니의 등에서는 어머니의 콧노래 섞인

자장가를 듣고 싶어하는 애기의 잠덧이 있습니다

어머니 아직 촛불을 켜지 말으서요

인제야 저 숲 너머 하늘에 작은 별이 하나 나오지
않았습니까 ?

山으로 가는 마음

내 마음
주름살 많은 늙은 산의 명상하는 얼굴을 사랑하노니

오늘은
잊고 살던 산을 찾아 내 마음 머언 길을 떠나네

산에는
그 고요한 품안에 고산식물들이 자라나거니

마음이여
너는 해가 저물어 이윽고 밤이 올 때까지 나를 찾아
오지 않아도 좋다

산에서
그렇게 고요한 품안을 떠나와서야 쓰겠니?

그러나 마음이여

나는 언제까지 너와 이별이 잦은 이 생활을 하여야
겠는가 ?

銀杏잎을 바라보는 마음

저 어린 들국화들에게 수평선을 넘어온 짠 바람이
충실히 속삭이는 '바다의 이야기'는 얼마나 치웁겠습
니까?

석류알처럼 붉은 석양 하늘 선명한 속에
포르르 포르르 작고 사라지는 갸륵한 산새들은
파란 바다의 또렷한 섬들이 어둠에 꺼지면
머언 삼림의 소박한 궁전을 찾아가 그들의 화려한
푸른 꿈을 짜낸다 합니다

강언덕 낡은 녹색 침대에는 아직도 햇볕을 즐기는
양들의 그림자 꿈 같은데
벌써 차츰차츰 나려오는 산그림자의 발자욱 소리가
들려오지 않습니까?

평온한 마음처럼 조용히 가라앉은 강 우에는
이윽고 저녁 안개의 밤을 전하는 단조한 이야기가

비롯하겠습니다그려!

　여보 우리들도 집으로 돌아갈 때가 되었는데

　어찌하여 당신은 떨어지는 은행잎만 물끄러미 바라

보십니까?

蘭　　草

난초는

얌전하게 뽑아올린 듯 갸륵한 잎새가 어여쁘다

난초는

건드러지게 처진 청수한 잎새가 더 어여쁘다

난초는

바위틈에서 자랐는지 그윽한 돌냄새가 난다

난초는

산에서 살던 놈이라 아무래도 산냄새가 난다

난초는

倪雲林보다도 고결한 성품을 지니었다

난초는

도연명보다도 청담한 풍모를 갖추었다

그러기에

사철 난초를 보고 살고 싶다

그러기에

사철 난초와 같이 살고 싶다

이 밤이 너무나 길지 않습니까?

젊고 늙은 산맥들을
또
푸른 바다의 거만한 가슴을 벗어나
우리들의 태양이
지금은 어느 나라 국경을 넘고 있겠습니까?

어머니
바로 그 뒤
우리는 우리들의 화려한 꿈과
금시 떠나간 태양의 빛나는 이야기를
한참 소곤대고 있을 때
당신의 성스러운 유방같이 부드러운 황혼이
저 숲길을 걸어오지 않았습니까?

어머니
황혼마저 어느 성좌로 떠나고
밤 ──

밤이 왔습니다
그 검고 무서운 밤이 또 왔습니다

태양이 가고
빛나는 모든 것이 가고
어둠은 아름다운 전설과 신화까지도 먹칠하였습니다
어머니
옛이야기나 하나 들려주서요
이 밤이 너무나 길지 않습니까?

銀杏나무 선 庭園圖

좁은 정원을 가득 채우는 은행나무가 하나
선뜻 개인 하늘에 강물처럼 바람이 돌아나갈 때
금시 떨어질 듯 위태로워라
지고 남은 노 ─ 란 잎새가 셋
가뜬한 내 마음처럼 흔들려……

해저와 같이 조용한 날 석양이면
촛불처럼 조심스런 황혼이 올 때까지
은행나무 가지에는 작은 산새가 와 쉬고
산새처럼 외로운 내 마음이 쉬고……

미끔한 은행나무 혜성혜성한 가지에
아득한 산맥 머언 구름이 쌓이듯
내 마음 산새인 양 포근포근한 보금자리를 찾는다
부처님 다문 입술처럼 말이 없는 은행나무
내 오늘도 하늘 밑에 사는 저 은행나무와 이야기하다

제 2 부 슬픈 牧歌

靑山白雲圖

이 투박한 대지에 발은 붙였어도
흰구름 이는 머리는 항상 하늘을 향하고 사는 산

언제나 숭고할 수 있는 푸른 산이
그 푸른 산이 오늘은 무척 부러워

하늘과 땅이 비롯하던 날 그 아득한 날 밤부터
저 산맥 위로는 푸른 별이 넘나들었고

골짝에는 양떼처럼 흰구름이 몰려오고 가고
때로는 늙은 산 수려한 이마를 쓰다듬거니

고산식물들을 품에 안고 길러낸다는 너그러운 산
정초한 꽃그늘에 자고 또 이는 구름과 구름

내 몸이 가벼이 흰구름이 되는 날은
강 너머 저 푸른 산 이마를 어루만지리……

地　　圖

지도에서는 푸른 것을 바다라 하였고
얼룩덜룩한 것을 육지라 부르는
습관을 길러 왔단다

이제까지 국경이 있어본 일이 없다는
저 하늘을 닮아서 바다는 한결로 푸르고

육지가 석류껍질처럼 울긋불긋한 것은
오로지 색채를 즐긴다는 단조한 이유가 아니란다

오늘 펴 보는 이 지도에는
조선과 인도가 왜 이리 많으냐?

시방 나는
똥그란 지구가 유성처럼 화려히 떨어져갈 날을
생각하는 '외로움'이 있다

도시 지구는 한덩이 푸른 석류였거니……

작은 짐승

란이와 나는
산에서 바다를 바라다보는 것이 좋았다
밤나무
소나무
참나무
느티나무
다문다문 선 사이사이로 바다는 하늘보다 푸르렀다

란이와 나는
작은 짐승처럼 앉아서 바다를 바라다보는 것이 좋았다
짐승같이 말없이 앉아서
바다같이 말없이 앉아서
바다를 바라다보는 것은 기쁜 일이었다

란이와 내가
푸른 바다를 향하고 구름이 자꾸만 놓아가는
붉은 산호와 흰 대리석 층층계를 거닐며

물오리처럼 떠다니는 청자기빛 섬을 어루만질 때
떨리는 심장같이 자지러지게 흩날리는 느티나무 잎
새가
란이의 머리칼에 매달리는 것을 나는 보았다

란이와 나는
역시 느티나무 아래에 말없이 앉아서
바다를 바라다보는 순하디순한 작은 짐승이었다

들길에 서서

푸른 산이 흰구름을 지니고 살 듯
내 머리 우에는 항상 푸른 하늘이 있다

하늘을 향하고 삼림처럼 두 팔을 드러낼 수 있는 것
이 얼마나 숭고한 일이냐

두 다리는 비록 연약하지만 젊은 산맥으로 삼고
부절히 움직인다는 둥근 지구를 밟았거니……

푸른 산처럼 든든하게 지구를 디디고 사는 것은 얼
마나 기쁜 일이냐

뼈에 저리도록 '생활'은 슬퍼도 좋다
저문 들길에 서서 푸른 별을 바라보자……

푸른 별을 바라보는 것은 하늘 아래 사는 거룩한 나
의 일과이거니……

첫 사 랑

함평 색시는 칠같이 검은 머리가
삼단같이 사뭇 치렁치렁 길더란다

모잡아 맵시가 고운 게 아니라
손으로 짜낸 무명처럼 순박하고

집어낼 듯 모나게 어여쁜 게 아니라
참한 磁器처럼 때깔이 곱더란다

어머니와 할머니 선본 이야기 주고받을 때
나는 그 삼단 같은 머리가 자꾸만 보고 싶었다

슬픈 構圖

나와

하늘과

하늘 아래 푸른 산뿐이로다

꽃 한 송이 피어낼 지구도 없고

새 한 마리 울어줄 지구도 없고

노루새끼 한 마리 뛰어다닐 지구도 없다

나와

밤과

무수한 별뿐이로다

밀리고 흐르는 게 밤뿐이요

흘러도 흘러도 검은 밤뿐이로다

내 마음 둘 곳은 어느 밤하늘 별이드뇨

밤을 지니고

새해가 흘러와도 새해가 밀려가도
마음은 밤이란다
언제나 밤이란다

때가 이루는 이 작은 분수령을
넘어도 밤이어니
흘러도 밤이어니

막막한 이 밤이 막막한 이 한밤이
천년을 간다 해도
만년을 간다 해도

밤에서 살으련다 새벽이 올 때까지
심장처럼 지니고
검은 밤을 지니고

고운 心臟

별도
하늘도
밤도
치웁다

얼어붙은 심장 밑으로 흐르던
한 줄기 가는 어느 난류가 멈추고

지치도록 고요한 하늘에 별도 얼어붙어
하늘이 무너지고
지구가 정지하고
푸른 별이 모조리 떨어질지라도

그래도 서러울 리 없다는 너는
오 너는 아직 고운 심장을 지녔거니

밤이 이대로 억만년이야 갈리라구……

대숲에 서서

대숲으로 간다
대숲으로 간다
한사코 성근 대숲으로 간다

자욱한 밤 안개에 버레소리 젖어 흐르고
버레소리에 푸른 달빛이 배어 흐르고

대숲은 좋더라
성글어 좋더라
한사코 서러워 대숲은 좋더라

꽃가루 날리듯 흥건히 드는 달빛에
기척 없이 서서 나도 대같이 살거나

슬픈 傳說을 지니고

나무 새이로
가시 새이로
잎 새이로
엽맥이 드러나게 햇볕이 흘러들고
젊은 산맥 멀리 푸른 하늘이 넘어갑니다

어머니
한때는 하늘을 잃어버리고
한때는 햇볕을 잃어버리고
슬픈 전설을 가슴에 지닌 채
죄없는 짐승처럼 살아왔지만……
죄없는 짐승처럼 살아왔지만……

하늘이 너무 푸르지 않습니까?
햇볕이 너무 빛나지 않습니까?
어머니
당신은 아예 슬픈 전설을 빚어내지 마십시오

너그러운 햇볕을 안고
저 푸른 하늘을 우러러
무성한 나무처럼 세차게 서서
무성한 나무처럼 세차게 서서
슬픈 전설은 심장에 지니고
정정한 나무처럼 살아가오리다

봄을 부르는 자는 누구냐

봄은 푸른 수레를 타고 바다 건너 머언 산맥을 넘어서 어느 산림에 투숙을 했다가는 기어코 언덕길을 돌아오리라고 한다

아침에도 나리꽃같이 흰 안개가 걷기 전부터 사람들은 언덕길에서 만날 때마다 푸른 봄이 오리라는 즐거운 이야기를 했건만 헤어질 때마다 전설같이 믿을 수 없는 제 자신들의 슬픈 이야기에 목메어 울었다

그중 어떤 젊은 친구는 말하기를 봄은 지구에서 아주 자취를 감추었으리라고 단념을 하기도 하였다
또 어떤 친구는 말하기를 봄은 어느 아득한 성좌로 멀리 떠나버렸다고도 하였다

그러면서도 그들은 봄은 어느 성좌에서 다시 오지 않나 하고 모조리 전설 같은 이야기를 부질없이 소곤대기도 하였다 그러나 아무리 옥같이 흰 백매가 핀다

기로서니 이미 계절이 떠나간 이 빈 지구에 봄이 온다
는 이야기를 믿을 수야 있겠느냐고 제각기 만나는 대
로 심장을 앓았다

　푸른 계절을 잃어버린

　이 몹쓸 지구에 서서

　도시 봄을 부르는 자는 누구냐?

차라리 한 그루 푸른 대로

성근 대숲이 하늘보다 맑아
댓잎마다 젖어드는 햇볕이 분수처럼 사뭇 푸르고

아라사의 숲에서 인도에서
조선의 하늘에서 알라스카에서
찬란하게도 슬픈 노래를 배워낸 바람이 대숲에 돌아
들어
돌아 드는 바람에 슬픈 바람에 나는 젖어 온몸이 젖
어……

란아
태양의 푸른 분수가 숨막히게 쏟아지는
하늘 아래로만 하늘 아래로만
흰 나리꽃이 핀 숱하게 핀 굽어진 길이 놓여 있다
너도 어서 그 길로 돌아오라 흰 나비처럼 곱게 돌아
오라
엽맥이 드러나게 찬란한 이 대숲을 향하고……

하늘 아래 새로 비롯할 슬픈 이야기가 대숲에 있고
또 먼 세월이 가져올 즐거운 이야기가 대숲에 있고
꿀벌처럼 이 이야기들을 물어 나르고 또 물어내는
바람이 있고 태양의 분수가 있는 대숲
대숲이 좋지 않으냐

란아
푸른 대가 무성한 이 언덕에 앉아서
너는 노래를 불러도 좋고 새같이 지줄대도 좋다
지치도록 말이 없는 이 오랜 날을 지니고
벙어리처럼 목놓아 울 수도 없는 너의 아버지 나는
차라리 한 그루 푸른 대로
내 심장을 삼으리라

꽃상여 가는 길

지하의 秋葉에게 주는 시

臨海山은 덩스럽게 높았다

그 아래로 그 아래로
다옥한 대수풀이 있는 마을
그 마을에서 네 소년의 꿈은 나날이
바다처럼 자라났었다

바이올린을 들고
대피리를 들고
너와 내가 다니던 길은
찔레꽃 열매가 유달리 붉은 길이었다
바다 건너 連山이 푸르게만 보이는 길이었다

아버지를 두고
어머니를 두고
아내와 어린것을 두고
네 꽃상여가 가던 길은 그 길이었다

너와 내가 거닐던 그 길에

네 꽃상여가 떠나던 그 길에

오늘 아버지의 꽃상여가 또 떠나야 하는 그 길에

　슬픈 이야기만 빚어내는 찔레꽃 열매가 붉어 심장보
다 붉어

　슬픈 이야기만 빚어내는 바다 건너 연산이 푸르게만
푸르게만 보이는구나

水 仙 花

눈속에 『사슴』을 보내주신
白石님께 드리는 수선화 한 폭

수선화는

어린 연잎처럼 오므라진 흰 수반에 있다

수선화는

암탉 모양 하고 흰 수반이 안고 있다

수선화는

솜병아리 주둥이같이 연약한 움이 자라난다

수선화는

아직 햇볕과 은하수를 구경한 적이 없다

수선화는

돌과 물에서 자라도 그렇게 냉정한 식물이 아니다

수선화는

그러기에 파아란 혀끝으로 봄을 핥으려고 애쓴다

哀　歌

R에게 주는

제비 오고

너는 가고

마파람 설레더라

그 몹쓸 날……

웃고 돌아서도 서럽더라

웃고 돌아서도 서럽더라

이윽고는 나도

웃고 서럽게 서럽게 웃고

별같이 떠나리

북으로 또 남으로……

別 離 賦

秋水님 가는 길에

너두 가는구나
너마저 가는구나
별같이 흩어져 모조리 가는구나

매화꽃 필 무렵에
화분하고 가는구나

봄 따라 백로하고
북으로 가는구나

엘레나도 없이
북으로만 가는구나

작은 짐승이 되어

K에게

한때 네 몸뚱아리에서는
푸성귀 내음새도 안 나더니
산에서 몇 해나 살고 왔기에
왼통 산내음새가 젖어 흠뻑 젖어
내 코를 찌르는 것이 즐거웁고나

도라지 더덕 칡넌출 얽힌 비탈길로
난초 맥문동 석곡 우거진 새잇길로
호랑이 여호 살가지 지내간 숲길로
노루 고랑이 토끼 뛰다니던 길로
너도 거침없이 뛰어다녔더냐?

그 언제 나 또한 산으로 가서
진정 한 마리 작은 짐승이 되어
도라지랑 더덕이랑 맥문동 궁궁이랑 파뒤쓰며
거침없이 온 산을 쏘다니며
산이 무너지게 거센 소리로 한번 울어볼거나……

제 3 부　氷　河

꽃 덤 풀

태양을 의논하는 거룩한 이야기는
항상 태양을 등진 곳에서만 비롯하였다.

달빛이 흡사 비오듯 쏟아지는 밤에도
우리는 헐어진 성터를 헤매이면서
언제 참으로 그 언제 우리 하늘에
오롯한 태양을 모시겠느냐고
가슴을 쥐어뜯으며 이야기하며 이야기하며
가슴을 쥐어뜯지 않았느냐?

그러는 동안에 영영 잃어버린 벗도 있다.
그러는 동안에 멀리 떠나버린 벗도 있다.
그러는 동안에 몸을 팔아버린 벗도 있다.
그러는 동안에 맘을 팔아버린 벗도 있다.

그러는 동안에 드디어 서른여섯 해가 지나갔다.

다시 우러러보는 이 하늘에
겨울밤 달이 아직도 차거니
오는 봄엔 분수처럼 쏟아지는 태양을 안고
그 어느 언덕 꽃덤풀에 아늑히 안겨보리라.

三　代

한때 우리는 단념의 철학을 배웠느니

벼슬을 잃으신 할아버지는
벼슬과 나라를 고스란히 단념하면서
술과 친구와 글에 묻히어
말썽 많은 세월을 잊은 듯이 보내시더니……

나라를 잃으신 아버지는
육친도 벗도 고향도 단념하면서
어무찬 설움에 큰 뜻을 세우시고
밤길로 밤길로 국경을 넘어가시더니……

에미도 애비도 잃어버린 자식은
한때 제 몸까지도 단념하면서
갈라진 하늘을 목메이게 호흡하더니
모조리 단념하기를 서로 맹세도 하였더니라

春 愁 1

하냥 걸어갈 때에도
너와 나는 아무 말이 없었고,

그저 주저앉아서도
너와 나는 이내 말이 없었다.

어두운 가슴을 지니고
그대로 헤지던 날도 그리운데,

흩어져 소식 없는 놈이랑,
멀리 떨어져 살고 있는 놈이랑,

실비가 이렇게 나리는 밤엔
가슴이 찢어지게 보고프고나!

望鄕의 노래

한 이파리
또 한 이파리
시나브로 지는
지치도록 흰 복사꽃을

꽃잎마다
지는 꽃잎마다
곱다랗게 자꾸만
감기는 서러운 서러운 연륜을

늙으신 아버지의
기침소리랑
곤때 가신 지 오랜 아내랑
어리디어린 손주랑 사는 곳

버리고 온 '생활'이며
나의 벅차던 청춘이

아직도 되살아 있는

고향인 성만 싶어 밤을 새운다.

港口에서

제주도에 있는 H에게

네가 떠난 항구에
오월 바람이 설렌다.

머리칼을 날리는 젊은 아낙네들은
베피떡이랑 덴뿌라랑 소줏병을 늘어놓고
뱃사람들이 돌아오기를 꼬박꼬박 기두리고 있는 항구.

가대기의 뒤를 따라다니는 발벗은 아이들은
구호양곡의 가마니에서 쑤시알맹이가 빠지면
병아리처럼 주워서는 차대기에 넣는 항구.

Singoara같이 사랑하는 이의
성한 피가 몹시는 먹고프다는 그 백납 같은 여인도곤
아낙네와 발벗은 어린것이 더 안쓰러운 항구.

오월 바람 설레는 항구에
멀리 떠난 너를 생각하는 눈시울이 뜨겁다.

金 山 寺

길 솟는 잡초가 빈 뜰을 뒤덮고
산바람 일 때마다 풍경이 혼자 울어

천년 다문 입술 부처님 말이 없이
쓰다듬어보는 손길에 체온이 온다.

부도랑 사리탑엔 이끼 더욱 짙푸른데
아가위 열매만 철 따라 붉었고나!

小 曲 1

산이여
그 무슨 그리움에 복받쳐
지구와 더불어 탄생한 이후
푸른 하늘을 우러러보느뇨.

산이여
나 또한 진정 그리운 것 있어
발돋움하고 우러러보아도
나의 하늘은 너무 아득하고나!

小曲 2

오고 가고
가고 오고
세월의 체중도 무거운
분수령에서

물 가듯
꽃 지듯
떠나야 할 우리도 아니기에

서럽지 않은 날을
기다리면서
다시 삼백예순 날을 살아가리라.

隕石처럼

외로운 밤에는
자꾸만 별을 보았다.

더 외로운 밤에는
찬란한 유성이 되고 싶었다.

그렇게 곱디곱게 타다간
그렇게 낭자하게 타다간

네 심장 가까운 곳에
운석처럼 묻히고 싶었다.

抒情小曲

이토록 숨이 자꾸만 가쁜 것은
어디 산이 높아서만 그런 것도 아니어.

이슥한 밤을 산짐승처럼 쏘다니는 것이
어쩌면 이리도 즐거운 것일까?

엷은 구름 사이 내다보는 별들도
오늘 밤엔 모두 우릴 위해서 반짝이거늘

산같이 첩첩이 쌓인 우리 빛나는 설계를
밤새워 조근조근 이야기하고 싶고나.

나무들도

우리들이 만나면
서로 이야기하듯

나무들도
저렇게 모여 서선 이야기하나봅니다.

봄엔
봄 이야기

여름엔
여름 이야기

가을엔
가을 이야길 하다가두

겨울이 오면
헐벗은 채 입을 꼭 다물고

오는 봄을 기다리며
나무들도 살아가나봅니다.

노을 속에 서서

빨갛게 타는 노을 속
바람과 새는 숲으로 갔다.

인젠 구름도 지쳐
산마루를 서성거리는데

강언덕 하얀 길을
황혼만 걸어오고

서럽고 어무찬 이야기
두고 온 고향도 멀어

타는 노을 속에 서서
난 오늘도 너를 부른다.

제 4 부 대바람 소리

智 異 山

승고한 산의 Esprit는
모두 이 산정에 집약되어 있고
상징되어 있다
— 하여
신은 거기에 내려오고
사람은 거기 오른다.

1

유월에 꽃이 한창이었다는 진달래 석남 떼지어 사는
골짝. 그 간드러운 가지 바람에 구길 때마다 새포롬한
물결 사운대는 숲바달 헤쳐 나오면, 물푸레 가래 전나
무 아름드리 벅차도록 밋밋한 능선에 담상담상 서 있
는 자작나무 그 하이얀 자작나무 초록빛 그늘에, 射干
나리 모두들 철 그른 꽃을 달고 갸웃 고갤 들었다.

2

씩씩거리며 올라채는 가파른 斷崖. 다리가 휘청휘청
떨리도록 아슬한 산골에 산나비 나는 싸늘한 그늘 길
경이 서럽도록 푸르고 선뜻 돌 타고 굴러오는 돌돌 굴

러오는 물소리 새소리 갓 나온 매미소리 온 산을 뒤덮
어 우람한 바닷속에 잠긴 듯하여라.

3

더덕 으름 칡 서리고 얽힌 넌출 휘휘 감긴 바위서
리, 그저 얼씬만 스쳐도 물씬 풍기는 향기, 키보담 높
게 솟은 고사리 고비 관중 群落에 마타리 끼워 어깨
겨누는 덤불, 짐승들 쉬어 간 폭삭한 자릴 지날 때마
다 무심코 나도 뒹굴고 싶은 산골엔 헐벗고 굶주린 자
취가 없다.

4

발 아래 구름이 구름을 데불고 우릴 몰고 간 골짝엔
어느덧 빗발이 선하게 누비는데, 전나무 앙상한 가지
에 유난히도 눈자위가 하이얀 동박새 외롭게 우는 소

릴 구름 위에 위치하고 듣는 斜陽도 향그러운 길섶,
늙어 쓰러진 나무를 나무가 한가히 베고 누워 산바람
속에 숨이 가쁘다.

5

길 넘는 억새 시나대 번질한 속을 짐승인 양 갈고
나가면 산정 가까이 들국화 산드랗게 트인 꽃벌판 눈
부신 언저리에, 산목련도 꽃진 자죽에 붉은 열맬 숱하
게 달고, 층층나무랑 나란히 섰다.
    예서부턴 짝달막한 나무들이 얼굴만 뾰주름 내밀고,
남쪽으로 다정한 손을 흔들며 산다.

6

해가 설핏하기 앞서 재빠른 귀뚜리, 산귀뚜리 서로
부르는 소란한 소리, 어느 골짜구니에선 벌써 자지러

지게 소쩍새 울어예고, 자주 구름이 쓰다듬고 가는 산
정에 산을 베고 누우면, 하이얀 구름의 하이얀 커튼
사이사이 손에 잡힐 듯 촉촉 고갤 들고 솟아나는 별.
뻗어간 산맥의 검푸른 물결도 높아, 으스스 한여름 밤
이 차라리 겨울다이 칩다.

7

불 피워 닦은 자리 아랫목보담 정겨운 산정. 텐트
자락 살포시 젖히고 고갤 내밀면, 부딪칠 듯 떨어지는
잦은 유성도 골짝을 찾아 묻히는 밤.

어서 보내야 할 얼룩진 오늘과, 탄생하는 내일의 생
명을 구가할 꿈을 의논하는 꽃보라처럼 난만한 露宿.
벌써 쌔근쌔근 산새처럼 잠이 든 벗도 있다.

祝　祭

산이여 통곡하라

　산정에는 찢어진 하늘의 펄럭이는 푸른 깃폭 속에,
우리들의 가쁜 숨결이 숨어 있고,

　능선을 타고 내려오면 전쟁이 뿌리고 간 고운 피를
머금은 파란 도라지꽃들의 회화가 잦은데,　파도처럼
달려드는 바람소리 말을 달려 간 골짜구니마다 하얀
髑髏가 동굴 같은 눈언저리에 눈부신 태양을 받아들이
곤 이슬같이 수떨이고 있다.

　축제도 끝났다.
가면무도회도 끝났다.
인젠 모두 우리들의 때묻은 검은 야회복을 벗어 던져
도 좋다.

　이렇게 촉루와 도라지꽃이 난만한 산을 데불고 꽃잎
같은 시간을 맞이하고 지우고 지우고 맞이하는 동안
슬픈 강물엔 우리들의 역사도 띄워 보냈다.

탕자처럼 돌아올 줄 모르는 인공위성이 몇천 바퀴를 돌아가도, 하늘은 하늘대로, 땅은 땅대로, 사람은 사람대로, 짐승은 짐승대로, 의연히 그들의 무도회와 촉루와 도라지꽃을 구상하는 욕된 세월 속에

  다시금
가져야 할 축제를 마련하면
그것이 '내일'이라는 희망 속에서,
무수한 절망과 자살과 투옥은 계산되는 것이다.

  산이여 !
너는 그러기에 오늘도
통곡을 생각하는 슬픔 속에 서 있는가 ?
통곡하라 !
목놓아 어서 통곡하라.
'내일' !
'내일'의 축제를 위하여 !

輓歌二章

제 1 장

아무 말이 없걸랑
숨이 막힌 줄로 알아라.

그래도 아무 말이 없걸랑
숨이 끊어졌다고 생각하라.

이리하여 내가 영영 떠난 뒤엘랑
아예 이 욕된 땅에 묻지 말라.

제 2 장

내 떠난 뒤에도
바람이 가시지 않걸랑

그대로 황량한 벌판에

風葬을 하여라.

그래도 피에 주린 짐승들이 있걸랑
관을 내맡기기에 인색하지 말라.

네 눈망울에서는

네 눈망울에서는
초록빛 5월
하이얀 찔레꽃 내음새가 난다.

네 눈망울에는
초롱초롱한
별들의 이야기를 머금었다.

네 눈망울에서는
새벽을 알리는
아득한 종소리가 들린다.

네 눈망울에서는
머언 먼 뒷날
만나야 할 뜨거운 손들이 보인다.

네 눈망울에는

손 잡고 이야기할
즐거운 나날이 오고 있다.

나의 노래는

나의 노래는
라일락꽃과 그 꽃잎에 사운대는
바람 속에 있다.

나의 노래는
너의 타는 눈망울과
그 뜨거운 가슴 속에 있다.

나의 노래는
저어 빨간 장미의 산호빛 웃음 속에 있다.

나의 노래는
항상 별같이 살고파하는 네 마음속에 있다.

나의 노래는
흰 나리꽃이 가쁘도록 내쉬는 짙은 향기 속에 있다.

나의 노래는

꽃잎이 서로 부딪치며 이뤄지는 죄없는 입맞춤 속에

있다.

나의 노래는

소쩍새 미치게 우는 어둔 밤엘랑 아예 찾지 말라.

나의 노래는

태양의 꽃가루 쏟아지는 7월 바다의 푸르른 수평선

에 있다.

푸른 門 밖에 서서

시끌한
바람이 불더니
어둠 속에
3월은 가고,
다냥한
햇볕이 들더니
어둠 속에
4월도 가고,
푸르른
숨소리 들리더니
슬프도록
빛나는 5월은 와도,
화관을
씌우던 '5월제'는 옛이야기.
언젠가는
퇴원할 민주주의를
5월이여

너도 기다리기에 지쳤지?

모란도

져버린 적막한 세월을

네 푸른

문 밖에 서서

그토록

굳게 닫힌 문 밖에 서서

오늘도

으스스 오한을 하다니

문을 열어라.

어서 그 푸른 문을 열어라.

斷腸小曲

추워 지친 하늘
서럽도록 짙푸르다.

물소리 잦아 시린 속에
해 지고
너는 가고,

종소리
노을에 젖어
목메어 은은한데,

원수도 없는 날을
살고파 타는 가슴

빈 주먹 쥐고 펴다
하루 해를 또 보냈다.

穀倉의 神話

바다도곤 넓은 金萬頃들을
눈이 모자라 못 보겠다 노래하신
당신과 우리들의 이 기름진 땅을

아득한 옛날엔
양반과 벼슬아치와
조병갑이와 아전떼들의 북새 속에서

그 뒤엔
을사조약에 따라붙은 동척회사와
가와노상과 노구찌상과 중추원 참의와
왜놈의 통변들의 등쌀에 묻혀

격양가도 잊어버린 벙어리가 되어
할아버지와
아버지와
아들과

손주들이 대대로 이어 살아왔더란다.

서러운 옛 이야기 지줄대며
동진강 굽이굽이 흐르는 들을
그 무서운 악몽이 떠난 지 스무 해가
되었다 하여
우리 할아버지들의 피맺힌
옛이야기를 잊지 말아라.

태평양을 건너왔을
지리산을 넘어왔을
모악산을 지나왔을
다냥한 햇볕이 흘러간다 하여

우리 할아버지들의 땀이 배어든
이 몽근 흙을 잊지 말아라.

그 언젠가는 이 기름진 땅에
우리 눈물겨운 소작인의 후예로 하여
드높은 격양가로 메마른 산하를 울리고,

미국 보리와 풀뿌리로 연명하던
그 서럽고 안쓰러운 이야기는
동진강 푸른 물줄기에 실어
아득한 아득한 신화로 남겨두자.

한 줄기 불빛을

내가
장미를 열심히 전지하는 동안에도
장미는 저 햇볕과 수분을
열심히 빨아올리고 있는 것은

내가 장미를 다스리듯
장미도 저를 다스리는 까닭이다.

내가
저 즐거운 비의 음악 소리를
열심히 듣고 있는 동안에도
그 어두운 속에서 장미는 서서
물방울을 열심히 받아선

장미는 자꾸만 물방울로
잎을 씻고 어깰 씻고
끝내는 뿌리로 보내는 것은

내가

머언 날을 생각하고 궁리하듯

다시 꽃 피울 태양을 생각하는 까닭이다.

문득

밤에 내리는 비의 즐거운 음악 소리

　저편에, 쭈그리고 앉은 밤과, 그 밤의 무서운 혓바
닥과,

　그 혓바닥에 앗여간 안쓰러운 것들과,

　그 안쓰러운 것들을 외면하는 역사를 생각한다.

어디서

백합 향기가 들려오고 있었다.

그러나

밤은 어두웠다.

하거늘

물 내음새가 물씬 나는

저 시리우스 빛깔의

형광등이라도 좋다.

한 줄기 불빛을

그 불빛을 보여 달라.

立　春

가벼운
기침에도
허리가 울리더니

엊그제
마파람엔
능금도 바람이 들겠다.

저
노곤한 햇볕에
등이 근지러운 곤충처럼
나도
맨발로 토방 아랠
살그머니 내려가고 싶다.

"남풍이 ×m의 속도로 불고
곳에 따라서는 한때 눈 또는 비가 내리겠습니다"

대바람 소리

대바람 소리
들리더니
소소한 대바람 소리
창을 흔들더니

소설 지낸 하늘을
눈 머금은 구름이 가고 오는지
미닫이에 가끔
그늘이 진다.

국화 향기 흔들리는
좁은 書室을
무료히 거닐다
앉았다, 누웠다
잠들다 깨어보면
그저 그런 날을

눈에 들어오는
병풍의 「樂志論」을
읽어도 보고……

그렇다!
아무리 쪼들리고
웅숭그릴지언정
── '어찌 제왕의 문에 듦을 부러워하랴'

대바람 타고
들려오는
머언 거문고 소리……

白鹿潭에서

1

한라산은
구름 속에 산다.

좀체
얼굴을 내놓지 않는다.

176m의 내 키에도
보이고 걸리는 게 하도 많아
자주 눈을 감아야 하는데,

아무리 너그러운
한라산이기로

1950m의 키다리고 보면
때론

지치도록 아니꼬와

자주 구름으로

낮을 가릴 수밖에……

2

지금 나는

산비 흩뿌리는 속을

한라산에 오르고 있다.

속밭 쫭쫭나무 벌판을 지나,

진달래 벌판을 지나,

구상나무 벌판을 지나,

자작나무

전나무

하이얀 髑髏 앙상한

시로미 벌판에서
심한 갈증에 시로미 열맬 찾는
1950m 정상에 난 서 있다.

3

백록담으로 내려가는 비탈에서
떼소를 만났다.
송아지도 일쑤 어미소 옆에서
산비 속에 풀을 뜯고 있었다.

여기선 소들도
백록담 물을 마시고
고산식물을 먹고 산다.

나비 한 마리 옴낫 없고
휘파람새도 울지 않는 태고 속

빗발을 몰고 가는 바람에
구름도 백록담에 내려앉는다.

물안개 자욱한
백록담에 손을 씻는
팔월 한낮이 으스스 치웁다.
인젠 섣불리 악수할 수 없는
손을 자랑하리라.

나도 이대로
한라산 백록담 구름에 묻혀
마소랑 꽃이랑 오래도록 살고파
까마득 하산을 잊어버리라.

梧桐島엘 가서

오동도엘
갈거나!

오동도엘
가서
숱하게 핀
동백꽃 웃음소릴
들을거나!

시나대 숲을
돌아가면
시나대보다 높은
바다가 일렁이고,

일렁이는 바다로
노을 비낀 속에
동백꽃 떨어지는

소릴 들을거나 !

오동도엘
가서
동백꽃보다
진하게 피맺힌
가슴을 열어볼거나 !

그 마음에는

그 사사스러운 일로
정히 닦아온 마음에
얼룩진 그림자를 보내지 말라.

그 마음에는
한 그루 나무를 심어
꽃을 피게 할 일이요

한 마리
학으로 하여
노래를 부르게 할 일이다.

대숲에
자취 없이
바람이 쉬어 가고

구름도

혼적 없이
하늘을 지나가듯

어둡고
흐린 날에도
흔들리지 않도록 받들어

그 마음에는
한 마리 작은 나비도
너그럽게 쉬어 가게 하라.

저 無等같이

성한 육신에
비록 누더기 같은 가난을 감고
이날 이때까지
알량하게 살고 살아가지만,
맑고 의젓한 우리 마음에사
설마 그 검은 구름장이
어디라고 감히 범할 수야 있겠는가?

한때
어둠과 절망을
안겨주던 날에는
이어받은 하늘을 믿고
우리 모두 오순도순
이날 이때까지
그리 외롭지 않은 얼굴로 살아왔거늘

설사

나라가 남북으로

갈라졌다 하기로

같은 하늘을 머리 위에 이고

살아가고 있는 한,

이 부끄럽고 욕된 세월을

자손 만대에 차마 전할 수야 있겠는가?

日月

星辰이 운행을

정지한 적이 없기에

저 빛나는 시리우스를 뒤에 두고

전진을 단념한 역사가 있어

齒車를 뒤로 돌렸다는

그런 슬픈 신화는 아직 들은 적도 없거늘

부패한

문명이 문드러지다 지쳐

지쳐서 남기고 간

전쟁 같은 이야기라거나

그 무성한 상채기가 남긴 이야기는

새는 날에 앞서

이내 終幕을 내려야지 !

아무리

비정한 날이

우리를 에워쌀지언정

산은 예대로 뭇짐승을 데불고

철철이 꽃과 열매를 다스리고

강줄기 또한 저 푸른 벌을

굽이굽이 흘러가거늘

일찍이

가슴 깊이 간직한

그 벅찬 우리 꿈과 설계로

불 머금은 가쁜 숨결을 달래고

저토록 어지럽고 너그러운

무등을 바라보리로다.

아아 오늘은 저 무등같이 살 날을 궁리하리로다.

서울 1969년 5월 어느날

눈물이 피잉 돌았다.

햇빛이 너무도 눈부신 5월 어느날, 남산을 내려오던
내 시야에는 그 숱한 고층건물들도 보이지 않았다. 황
량한 벌판만 같아 보였다. 내 항상 사랑하던 한강 물
줄기도, 백운대 산자락도 보이질 않았다.

다만

그 짙푸른 나뭇잎새와 나뭇잎새마다 부서지는 햇빛
이 내 흐린 눈망울을 스쳐 가고, 그 햇빛 속에서 셈없
이 울어예는 휘파람새 소리가 흡사 꿈같이 들려오고
있었다. 나는 꼬옥 한라산 어느 내리막 기슭인 것만
같은 그런 착각 속에 남산을 내려오고 있었다.

끝내

피잉 돌던 눈물은 사뭇 철철철 가슴벽을 타고 흘러
가고 있었다. 갑자기 가슴이 뜨거워오고 있는 것을 나
는 느꼈다.

문득 나는

지금쯤 고향에서 태산목꽃을 무심코 바라보던 아내의 눈에서도 어쩌면 눈물이 피잉 돌았을는지 모른다고 생각했다. 그리고, 서러울 것도, 기쁠 것도 없는 나날의 무사를 축원하는 아내의 서투른 염불이 시작되었을 무렵, 우리들은 명동 어느 다방에서 커피잔을 기울이고 있었다.

그것은

1969년 5월 어느날, 오후의 일이었다.

제 5 부   地上의 天使

雨水가 지나면

마파람이 불더니만
화약 냄새 묻어 오는
마파람이 불더니만

오늘은
안개 같은 보슬비가
한종일 내린다

비 맞춰 들여온 군자란
꽃대가 밤새 치나 솟아오르고
素心도 자르르 윤이 흐른다

그래 !
지구 한구석엔
전쟁이 홍역보다 진하게 피어도

우수만 지나면

이렇게 날이 풀리는 것을
난 미처 몰랐지……

보슬비 내리는 속을
뉘네 집 새장에선가
백문조가 울고 있다.

지금 내 등뒤에서는

장갑을 뽑아버리듯
이 칙칙한
겨울을 벗어버리고
차츰 솟아오르는
갈매빛 산을
산의 얼굴을 보자

지금
내 등뒤에서는
수월찮이 다가온
햇볕이 구룡충 새끼들처럼
스멀거린다

엊그제
가랑빗발에 밟힌
어린 수선과 튤립이
돌난 어린놈처럼

서투른 발음을 하고

호랑가시 낭기에서는
빨간 열맬 쪼아 먹는
밤색 털빛 멧새가
드나든다

어서 혈압이 떨어져야
기린봉을 단숨에 치올라
잔설 덮인 母岳을
바라보고픈데

지금
내 등뒤에서는
경칩을 몰고 오는
햇볕이 스멀거리고 있다

殘　雪

남풍에 묻어 오는
엊그제 입김에도
동백꽃 내음이
들려오고 있었다.

군자란도 뾰조롬히
꽃대를 올려놓고
호랑가시 빨간 열맬
쪼아 먹던 산새

문득 열어보는
창문 소리에 놀래 날고
잔설 부신 설악을
쪽빛 하늘이 넘어가고 있었다.

園丁의 說話

제 1 화 모 란

시방
우리집 뜰에선
모란이 요란스럽게 웃고 있습니다

기인 긴 봄날 보릿고갤 넘다 지쳐 색거릴 얻으러 가
는 아버질 따라간 지주네집 뜨락에서도 요란스럽게 웃
고 있던 모란이 어찌나 미웠던지 사뭇 도끼로 찍어내
고 싶었다는 '山'이란 놈의 슬픈 이야기가, 아득한 옛
날에 들은 그 슬픈 이야기가 아직도 내 가슴에 안개처
럼 머물러 있습니다.

보리 모가지가
무두룩히 올라오는 요맘때면
종달새도 모란처럼 요란스럽게 웁니다

시방도 하늘 저편에서는 종달새가
자지러지게 울고 있습니다

제 2 화 시나대

일로 이사 오던 해, 그러니까 벌써 십 년도 더 되나
봅니다. 바로 창 옆에, 그리고 담 지시락에 심은 시나
대가 인젠 제법 무성하게 작은 대숲을 이루고 있습니
다

비 오는 날에는 댓잎에 떨어지는 쇼팽의 전주곡 15
번 같은 빗소리, 든 날에는 햇볕이 분수처럼 쏟아져
반짝반짝 빛나는 고 백금빛 이파리, 바람이 지낼 때에
는 잎새들이 서로 부딪쳐 사운대는 대바람 소리, 겨울
이면 눈이 소복소복 쌓이는 속에서 살아왔습니다.

이렇게 시나대랑 이웃하고 살다가 불현듯 떠나야 할

것을 문득 생각하고 시나대를 어린 손주처럼 쓰다듬어 봅니다.

차라리 한 그루 시나대로 태어나지 못한 것을 뉘우치는 까닭인지도 모릅니다.

제 3 화　落　果

호랑가시 빨간 열매가 일 년 내내 달려 있다가 요즘에사 날마다 분주히 떨어지고 있습니다. 산호보다 예쁘디예쁜 열맵니다.

후덕지근한 봄날이면 호랑이가 어슬렁 나와 등이 몹시 근지러워서 호랑가시 육모 난 잎새에 등을 슬슬 문지른답니다. 그래서 '호랑이 등긁이나무'라고 부르기도 합니다.

작년에는 겨우내 산새 한 마리가 날마다 찾아와서 호랑가시 열맬 따먹고 자고 가는 날도 많았습니다.

저 숱하게 떨어진 호랑가시 열매가 싹이 트고 자라서 열매가 열릴 무렵이면 몰라보게 세상도 뒤바뀔 것입니다.

아마 그때쯤엔 우리 어린 손주들이 장성해서 남북으로 갈라졌던 조국의 아득한 옛이야길 나누며 오순도순 살아가겠지요.

제 4 화 더 덕

이끼 앉은 길 솟는 바위를 세우고, 그 옆에 가는잎 맥문동과 더덕을 곁들여 심어 놓았더니 꼭 산골 같다고들 합니다.

지리산에서 오래오래 살다 온 셋째 딸 선아의 친구 엄마가 여러 해 전에 가져온 더덕이 인동 넝쿨이랑 얽혀서 바윌 칭칭 감고 올라갔습니다.

바위 옆에 얼씬거리다가 더덕 넝쿨에 스칠라치면 물씬 더덕 내음새가 들어오고, 갑자기 더덕이 먹고 싶어집니다.

저편 중학교 마당에서는 더덕 내음새도 잊어버린 입후보들이 모레가 선거날이라서 목청이 터져라 떠들어대고 있는 것이 측은한 생각이 들기도 합니다.

제 5 화   泰山木꽃

안에서는 오늘도 절에 가고, 아무도 없는 집이 절간처럼 적적합니다.

가지마다 맺은 꽃이 어제 오늘 꽃멍덕을 훌훌 벗고 나더니 연둣빛으로 부풀어오른 봉오리가 내일 모렌 터질 것만 같습니다.

백련처럼 탐스러운 꽃이 5월부터 8월 한하고 날이 날마다 이어 피는데, 그 향기가 어찌나 아기자기하게 들어오는지 날만 새면 태산목에 매달려 삽니다.

저렇게 향길 지닌 사람들이 드물어서 세상은 엉망진창으로 시끄러운가 봅니다.

비둘기 울면

밤의 장송곡

가슴을 짓누르던
어깨를 짓누르던
선량한 마음을 짓누르던
그 몹쓸 어둔 밤이
좀체 샐 것 같지 않더니

구 구 구
비둘기 새벽을 운다.

그 아리잠직한
얼굴을 가리고
그 초롱초롱한
눈망울을 가리고
그 타오르는 뜨거운
가슴을 가리고
그 몹쓸 밤은
철 철 철

사뭇 흘러가더니

대숲에 잠든 바람
부시시 눈을 뜨고
구 구 구
비둘기 울면
밤을 장송하는
비둘기 울면

종소리에 묻어 오는
새벽을 기다리며
애타게 애타게 기다리며
살아왔느니라.

원앙 금침에
황촛불 흔들리는
아지랑이처럼 연연히 흔들리는

즐거운 너희들의 아기자기한 밤이사
한천년 이래도 새길 원하랴마는

눈물겨웁도록
눈물겨웁도록
선량한 우리들의 어린것들과
어린것들의 안쓰러운 눈망울과
눈망울이 말하는 죄없는 마음을 위하여
차마 이 밤을 물려줄 수 없거늘

구 구 구
비둘기 새벽을 울면
칙칙하게 찌들은 야회복일랑
이 무서운 밤과 더불어
매미 껍질처럼
홀 홀 벗어버려야지 —

밤을 장송하는
비둘기 울면……

映 山 紅

섧고도 사무친 일이사
어제 오늘 비롯한 건 아니어

하늘에 솟구쳐 사는
청산에도 비구름은 덮이던걸……

대바람 소리 들으면서
은발이랑 날리면서

어린 손줄 안고 서서
영산홍을 바라본다.

外出한 마음

외출한 지 오래도록
마음은 좀체 돌아오지 않습니다.

산수유꽃 안개에 서리듯
웃음 머금은 얼굴로
불러주십시오.

지금은 어느 강가에서
저녁 노을에 서성거리고 있을는지요.

골을 흐르는 시냇물처럼
그렇게 잔잔한 목소리로
불러주십시오.

나만 남겨놓고 훌쩍 떠나버린
그 마음이 당신은 안쓰럽지 않습니까.

밀하부리 짝을 찾아
5월 하늘에 노래하듯
불러주십시오.

태산목 짙은 꽃향기도 잊어버렸는지
마음은 오늘도 돌아오지 않습니다.

어둔 밤을 울어 새는
소쩍새의 애타는 목청으로
불러주십시오.

山은 숨어버리고

장마 속에
빗발 따라
산은 오고 가더니

오늘은
뿌우연 빗속에
산은 영영 숨어버리고……

후드드득
파초에 비 듣는 소리
걷잡을 길 없이 설레는 마음인데,

산내음 묻어 오는
밀하부리 울음 속을
태산목꽃 소리없이 벙근다.

우두루루

가끔 원뢰만 들려오고
세상은 아무 일도 없는 듯
조용하다.

마음에 지니고

청산에
자고 이는 구름도
마음에 지니고

구름에
실려 가는 학두루미도
마음에 지니고

학두루미
하늘에 부는 피리 젓대
마음에 지니고

피리 젓대
안고 쉬는 대숲의 바람도
마음에 지니고

바람에

몰려오는 눈발도
마음에 지니고

눈발에
묻어 오는 봄으로 입덧나는
겨울도 마음에 지니고

神　　話

한때
그칠 줄 모르는
어둠이 밀려오더니

밀려드는 어둠은
언덕에 찰싹이는
강물보다 높기도 하더니

그때
참다 지치고
지치다 다시 보면

그저 도도히
아득한 강물처럼
흘러오더니

늦추어

겁으로 따지면
기인 긴 어둠도

헤아릴 것도 없이
찰나의 물거품으로
떠나버리거늘

그토록
목이 타던 갈증도
가슴 조이던 사연도

새는 날 아침엔
하잘것없는
한낱 신화로 남으리……

臨　　終

누렇게 타는
보리밭에
고호가 날려놓은
까마귀떼는
지금도 어디선가
울고 있는 것이다.

여름도 가고
가을도 가고

소소한
낙목에
바람이 매달려 우는데
보리밭에 날던
까마귀떼는
지금도 어디선가
울고 있을 것이다.

누추한
어제와 오늘을
불길한
우리 일상을
그 임종을
까마귀떼는
지금도 어디선가
울고 있을 것이다.

까르르
까르르
내 가슴 속에서도
울고 있는 것이다.

가까이 오고 있는 날

가까이 오고 있는 날이 있다.
모두들 기다리는 날이 있다.

그날
널 만나면
뜨거운 손목을 덥석 붙잡겠지.

아니
어찌할 길 없어
아스러지게 얼싸안겠지.

끝내는
얼싸안은 채
주체할 수 없는
뜨거운 뜨거운 눈물을
펑펑 흘리겠지.

떠나던 그날
그 몹쓸 날
시무룩하던 네 얼굴이
문득 떠오른다.

이토록
가로막은 강물은
오늘도 도도히 흐르고……

春愁 2

자운자운
흐르는 강물에

태양이 쏘아대는
금촉 화살 부신 날

문득 바라보는
머언 산자락

서로 어울려
접어든 골 사일

꽃가루 흩날리듯
보오얗게 사운대는 이내

영산홍 핀 뜰에
드는 바람도

영산홍 물이 들어
다녀나가면

불현듯 가슴에
젖어드는 시름 있어

차라리 깊은 산
꽃사태에 묻히고 싶다.

黎明羽調

청산 푸른 자락엔
이내 서걱이는 소리
하늘 밖에 젓대소리 흘리며
훨훨훨 날아가는
학두루미를 보았으리

흐린 마음 지친 자릴
조촐히 닦아낸 다음
부신 햇살 조용히 불러
깃 다듬는 저 어린 비둘길
길러도 보았으리

꽃사태 흐드러진 날을
어둠이 도사리고 있는
그 어느 외로운 구석에서도
아예 흔들릴 수 없는
우리들의 마음을 보았으리

흙구렁에 몸은 담아도
항상 하늘로 치솟는 마음
굽힐 수 없는 오롯한 방향으로
갈고 닦아 세운 뜻을
그대들은 잊지 않으리

떨어져가는 꽃이파리에
묻혀 내리는 여윈 시간에도
갈가리 찢긴 역사가 가르치는
아프고도 성스러운 생장을
한 번도 잊은 적은 없으리

다시 높이 나는 학두루밀
바라보는 마음으로
학두루미의 피리 젓대 소릴
듣는 마음으로 귀를 세워
밝아오는 발자욱 소릴 들으리

山자락 타고

정상.

폭삭한 시로미밭에 앉으면
이토록 상쾌한 피로.

발 아랠
스쳐가는 구름.

구름 사이사이
봉우린 고갤 갸웃거리고,

어느 사이
산협엔
구름이 몰고 간
빗발이 자욱하다.

숲 짙어 어둔 골엔

벌써 짙푸르게 벙그는
산자양화 한두 송이.

구름송이
빠알간 돌길을 헤쳐
산자락 타고 내려가다가

밀려오는 솔바람
파도 속에
멈춰 서면

문득
떠오르는 세석평전

세석평전에
사태난 철쭉꽃
철쭉꽃이 달려든다.

地上의 天使

아가야
네 눈망울은
파아란 하늘이 내려앉은 호수.

그 호수에는
햇볕이 쏟아지고
바람이 다녀가고
별들이 잠겨든다.

아가야
네 입술은
웃음 머금은 예쁜 꽃봉오리.

그 꽃봉오리엔
꿀벌이 잉잉거리고
노오란 나비들이
떼지어 날아든다.

아가야
넌 지상의 천사
한번 흐드러지게 웃어보렴.

그 웃음 속엔
착하고 빛나는
온갖 슬길 지녔고나
너를 배우며 우린 살리라.

외로운 그림자

스산한 비가
다녀가더니

해만 설핏하면
풀버레소리
뜰이 흔들린다.

숲 사일
황혼이 다녀간 뒤
落羽松은 엷은 잎새 너머
물 머금은 별빛 내리는 속을
수묵빛 맥문동
한결 맑아라.

시나대숲에 드는
바람결에 묻어 오는
풀내음에 묻혀 이렇게 살다가

언젠가는 떠나야 할
맘 없이 떠나가야 할
내 외로운 그림자를 생각한다.

나무도
바람도
별도 두고
너마저 남겨 두고
언젠가는 이 지구에서 거두어야 할
내 외로운 그림자를 생각한다.

슬픈 서정

소라의 「木鍾」에 괘념하여

그때
눈속에 흘린 소년의 피는
시방쯤 다냥한 햇볕에 녹아
인젠 한강으로 금강으로 낙동강으로
철철 흘러갈 것이다.
그 세찬 물줄기를 타고
철철 흘러갈 것이다.

"밟지도 밟히지도 않아야 한다."
이렇게 외치던 링컨도
링컨의 민주주의도 끝내는
총격에 쓰러진 역사를 안다.

운천리
소년처럼 무참히 쓰러진 것을
우리는 알기에 슬프다.

어쩜 그렇게 무서운 철조망을 쳐놓았고
어쩜 그렇게 무서운 철조망 곁에서 겨눈 조준이
우리 소년의 더운 피를 거두어갔을까?

"이리도 이리는 잡아먹지 않는다."
「信號」에서 읽던 이야기
넌 기억하겠지.

그러기에
소라여!

미안하기보다 원통하지 않은가?

우리는 도둑을 막아낼 철조망도
철조망을 쳐놓고 지켜야 할
목숨보다 소중한 아무것도 없는
가난하고
슬픈 백성이다.

房

　세상이 뒤집어졌었다는, 그리고 뒤집어지리라는 이야기는 모두 좁은 방에서 비롯했단다.

　이마가 몹시 희고 수려한 청년은 큰 뜻을 품고 조국을 떠난 뒤
　아라사도 아니요 인도도 아니요 더구나 조국은 아닌 어느 모지락스럽게 고적한 좁은 방에서 '그 전날 밤'을 세웠으리라.

　그 뒤
　세월은 무수한 검은 밤을 데불고
　무수한 방을 지나갔다.

　함박눈이 펑펑 쏟아지는 어느 겨울밤
　새로운 세대가 오리라는
　새로운 세대가 오리라는
　그 막막한 이야기는 바다같이 터져나올 듯한 울분을

짓씹는 젊은 '인사로프'들이 껴안은 질화로 갓에서 동
백꽃보다도 붉게 피었다.

　천년이 지나갔다.
　좁은 방에서……
　만년이 지나갔다.
　좁은 방에서……

焚　　香

시나대숲에 드는 바람
기척없이 머물다 떠나는 소리.

스산한 겨울밤이
조용히 흔들린다.

어디메쯤 차가운 달은 기우는지
영창에 성근 가지 어른거리고

타오르는 향불이
사향 내음새를 데불고 온다.

아득한 옛날 어머님 장롱 속에
간직하던 그 사향 내음새가 나는데

펴든 책 던져 두고
향불에 실려오는 풍경소릴 듣는다.

석정 선생님 그때 그 눈물

이   광   웅

석정 선생님은 후배문인이나 제자들에게 아무런 격의가 없으셨습니다. 소년 같은 명랑한 웃음, 그러면서도 웅숭깊은 마음씨, 따뜻한 보살피심이었습니다.

학교 매점에서 국화빵을 구워 팔아 자식을 가르치는 어머니가 있습니다. 고등학교 1학년짜리인 자식은 어머니의 고생스러움이 눈물겹습니다. 그림 그리는 미술시간입니다. 다른 학생들은 꽃이라거나 풍경이라거나 다른 아름다운 것을 그립니다. 그 소년은 어머니의 빵틀을 그려 제출합니다. 교무실 미술교사 책상에 놓인 그 빵틀의 그림이 석정 선생님의 눈에 뜨입니다. 선생님은 교무실로 소년을 부릅니다. 선생님은 소년에게 아름다움이란 멀리 있는 것이 아니고 바로 가까이 생활주변에 있는 것이라고, 너의 그 빵틀의 그림은 대단한 아름다움이라고 말씀하십니다. 소년은 자라서 우리에게 있어서 중요한 빠뜨릴 수 없는 중진화가의 한 사람이 됩니다. 선생님이 제자들에 끼친 영향은 대개 그런 식으로 이루어지던 영향입니다.

13년 전으로 이야기는 뒷걸음을 치게 된다.

그때 열일곱 살 난 희선(喜宣)은 『촛불』을 애송하던 가장 꿈 많은 소년이었다. 그 무렵 드시게 나를 찾아주던 목랑(木浪)은 흰나비를 무너진 돌각담 너머로 날려놓고 가슴 아프게도 이 지구의 표면에서 이미 자취를 영영 아셨고 뒤이어 가난한 청구원(靑丘園)의 싸리문을 열어주던 소년 소훈(素薰)은 희선을 데불고 찾아주었던 것이다……

10년을 넘도록 소훈은 잊지 않고 나의 주변을 보살펴주다 인젠 어느 산기슭에 그의 마지막 숨결을 거두었는지 알 길이 없고 이제 적막한 위치에 거센 물결이 아무렇게나 밀어다붙인 이 자갈밭에서 촉루(髑髏)처럼 텅 빈 소라껍질을 스쳐가는 바람소리에도 가슴 아파하는 요즈음, 13년 전 바람같이 얼핏 찾아왔다 바람같이 나타난 희선은 이글이글한 목소리에 코밑수염이 너무도 짙은 소년이었다………

윗글은 석정 선생님께서 1952년 6월 12일 밤에 쓴 것으로 되어 있는, 출간하려다 무슨 사정으로인지 펴내지 못한 『금산사(金山寺)』란 시집 서문의 한 부분입니다. 여기 나오는 인명은 우리 시단에는 알려질 기회를 전혀 갖지 못한 무명시인들이지만 주목했어야 할 분들로 생각됩니다.

노가다 인부를 하며 생계를 꾸려가다가 전쟁 중에 목숨을 잃은 목랑──"흰나비를 무너진 돌각담 너머로 날려놓고 가슴 아프게도 이 지구의 표면에서 이미 자취를 영영 아"신 목랑의 「흰나비만」 한 편을 보아도 그렇습니다.

한물에 집은 쓸려
모두 다 빈터이고
주인도 없는 마을 복사꽃만 훤히 피어
허물어진 돌각담을
흰나비
흰나비
흰나비만
넘나드네

　　　　　　—— 목랑, 「흰나비만」 전문

　내 개인적인 취향이라고 할밖엔 없겠지만 나는 교과서에
도 나오는 유명시인의 「국화 옆에서」 같은 서정보다야, 그
보다는 노가다 인부였던 무명시인의 이 삶의 고뇌의 흔적
이 임리한 「흰나비만」의 서정이 더 좋습니다. 석정 선생님
의 주변에는 이런 무명시인이 많았습니다.
　자칭 예술파 시인들이, 1960년대초 죄없는 우리 소년이
이국 병사의 총에 맞아 숨진 데 대해서는 목석이나 다를
바 없는 냉담한 반응을 보이면서도 맥빠지고 아리송한 상
념에만 매달려 형편없이 시들어지고 퇴락해갈 때, 신동엽
시인의 「왜 쏘아」가 있어 어무한 슬픔을 대변했던 것을 기
억하거니와 허소라 시인의 「목종(木鍾)」에 대해서는 대부
분 사람들이 별 주의를 기울여본 것 같지 않습니다. 이 작
품은 1964년 2월에 씌어진 것으로 그 당시 운천리(雲川里)
소년의 죽음에 대해 별일일 리 없다는 의미의 침묵만을 고
수한 이 나라 시단에 대한 일대 항의의 메시지로서의 큰
몫도 동시에 지녔던 것으로 보아집니다.

눈이 하얗게 내린 그날
어느 운동장에선 눈사람을 만들고
눈싸움을 했지만 어느 비탈에선
한 소년이
겨울 토끼보다 시시하게 숨을 거두고 있었다.

육중한 캐터필러 소리를 자장가로
나면서 철조망을 보았고
죽으면서 철조망을 본 운천리의 소년
나면서 깡통을 보았고
죽으면서 깡통을 본 운천리의 소년

───── 미안하다

　　　　　　〈중략〉

단 한번 상학종의 의미를 갈구하던
소년은 갔다.
마오니의 사랑을 따라간
송인자 양의 고향 ───── 운천리에서
'책임전가' 상표를 또 한번 확인한 채
소년은 갔다.

그리고 조용하였다.
그것은 안으로만 안으로만 피를 새기는
목종이었기에……

석정 선생님께서는 운천리 소년의 죽음이 몰고온 비분
속에서 「목종(木鍾)」을 대하시고는 '소라의 목종에 괘념하
여'라는 부제를 단 「슬픈 서정」을 써서 재일동포가 간행하
는 문예지 『한양(漢陽)』에 실으셨습니다.

> 그때
> 눈속에 흘린 소년의 피는
> 시방쯤 다냥한 햇볕에 녹아
> 인젠 한강으로 금강으로 낙동강으로
> 철철 흘러갈 것이다.
> 그 세찬 물줄기를 타고
> 철철 흘러갈 것이다.
>
> "밟지도 밟히지도 않아야 한다."
> 이렇게 외치던 링컨도
> 링컨의 민주주의도 끝내는
> 총격에 쓰러진 역사를 안다.
>
> 운천리
> 소년처럼 무참히 쓰러진 것을
> 우리는 알기에 슬프다.
>
> 어쩜 그렇게 무서운 철조망을 쳐놓았고
> 어쩜 그렇게 무서운 철조망 곁에서 겨눈 조준이
> 우리 소년의 더운 피를 거두어 갔을까?

"이리도 이리는 잡아먹지 않는다. "
「信號」에서 읽던 이야기
넌 기억하겠지.

그러기에
소라여 !

미안하기보다 원통하지 않은가 ?

우리는 도둑을 막아낼 철조망도
철조망을 쳐놓고 지켜야 할
목숨보다 소중한 아무것도 없는
가난하고
슬픈 백성이다.

　　　　　　　　　　　——「슬픈 서정」 전문

　석정 선생님은 '생활 따로, 시 따로' 식의, 가령 "나는
생활에서는 어쩔 수 없이 거짓말을 하기도 했다. 그러나
시에서는 거짓말을 하지 않았으니 이번 시집 제목을 '정말'
이라 할까 했다. " 하는 식의 거짓말을 퍽 싫어하셨습니다.
　"시의 영원한 고향은 생활"이라고 하신 선생님의 말씀은
평범한 진리일진대 선생님은 이 평범한 진리에 놀라울이만
큼 충실한 분이었습니다. 선생님 서재의 책상 위에 펼쳐진
노트에서 "시는 버릴 수 없다. 죽어도 시는 버릴 수 없
다. "고 적어놓으신 것을 본 적이 있는데 그것은 20년이 훨
씬 지난 지금에도 달필로 알려진 그 독특한 선생님의 필적

과 함께 흐릿했던 잉크의 빛마저도 내 기억 속에 생생한 것으로 자리해 있습니다. 돌이켜보면 그것은 선생님의 경우 시와 생활이 따로 분리되어 있을 수 없음을 뜻하는 것이었습니다. 선생님한테서 무슨 이렇다 할 문학론 같은 걸 한번도 들은 적이 없으면서도 선생님한테서 실로 시의 많은 것을 절로 배우게 되던 것은 그 흠없는 시와 생활의 조화──곧 시를 생활하신 데에서, 생활이 곧 시였던 데에서 그 원인을 찾을 수 있습니다.

선생님께서는 시로 인해서 남다른 고통을 당하신 분의 하나이십니다. 일제말기 「차라리 한 그루 푸른 대로」 같은, 『문장(文章)』지에 기고한 작품을, 검열이 통과 안되어 붉은 잉크의 상처투성이인 채 되돌려 받아야 했던 것은 그만두고라도 「방(房)」 같은 작품은 일경의 호출을 불러일으키는 데까지 이르게 했습니다.

세상이 뒤집어졌었다는, 그리고 뒤집어지리라는 이야기는 모두 좁은 방에서 비롯했단다.

이마가 몹시 희고 수려한 청년은 큰 뜻을 품고 조국을 떠난 뒤
아라사도 아니요 인도도 아니요 더구나 조국은 아닌 어느 모지락스럽게 고적한 좁은 방에서 '그 전날 밤'을 세웠으리라.

그뒤
세월은 무수한 검은 밤을 데불고
무수한 방을 지나갔다.

함박눈이 펑펑 쏟아지는 어느 겨울밤
새로운 세대가 오리라는
새로운 세대가 오리라는
　그 막막한 이야기는 바다같이 터져나올 듯한 울분을
짓씹는 젊은 '인사로프'들이 껴안은 질화로 갓에서 동백
꽃보다도 붉게 피었다.

천년이 지나갔다.
좁은 방에서……
만년이 지나갔다.
좁은 방에서……

──「방(房)」전문

　다시 이 작품은 1947년 간행된 시집 『슬픈 목가(牧歌)』
의 초판본에 재수록되지만 재판본에서는 삭제되는 비운을
맞기도 합니다. 그도 그럴 것이 이 「방(房)」이 흡사 유진
오(兪鎭五) 시인의 「창(窓)」을 떠오르게 하는 점이 있음과
연관지어볼 때 재판본에서 삭제될 수밖에 없던 사정은 심
히 짐작되어지는 바 있는 것입니다.
　5·16 군사 쿠데타가 일어난 그해 경향신문에 발표한 시
「단식(斷食)의 노래」를 문제삼은 경찰에 끌려가 수일간 심
문을 받고 나오신 선생님께서 하시던 말씀이 생각납니다.
시를 펼쳐보이면서 이게 무슨 뜻으로 쓴 시냐 묻더라는 것
입니다. 대략 설명해줬더니 심문하는 경찰관이 "악질로 썼
군." 하더라며 "내 참 별스런 시강의를 다 해봤어." 하고
말씀하시면서 시서거퍼하시던 것입니다. ('시서거퍼하다'는

168

말은 전북지방 방언으로서 선생님께서 즐겨 쓰시던 어휘의 하나입니다. 슬픔이 지나쳐서 오히려 허탈해지는 마음이 됨을 가리키는 동사입니다.) 「단식(斷食)의 노래」는 당시 교원노조를 결성하려는 교사들의 농성을 고무하며 쓴 시인데 '참교육 함성'이 메아리치는 이 싯점에서 더욱 감회가 새롭습니다.

선생님은 당신의 다섯번째 시집 『대바람 소리』 수록 시 가운데에서 「1969년 5월 어느날」을 아끼는 작품으로 꼽는다고 말씀하셨습니다.

눈물이 피잉 돌았다.
햇빛이 너무도 눈부신 5월 어느날, 남산을 내려오던 내 시야에는 그 숱한 고층건물들도 보이지 않았다. 황량한 벌판만 같아 보였다. 내 항상 사랑하던 한강 물줄기도, 백운대 산자락도 보이질 않았다.

다만
그 짙푸른 나뭇잎새와 나뭇잎새마다 부서지는 햇빛이 내 흐린 눈망울을 스쳐 가고, 그 햇빛 속에서 셈없이 울어예는 휘파람새 소리가 흡사 꿈같이 들려오고 있었다. 나는 꼬옥 한라산 어느 내리막 기슭인 것만 같은 그런 착각 속에 남산을 내려오고 있었다.

끝내
피잉 돌던 눈물은 사뭇 철철철 가슴벽을 타고 흘러가고 있었다. 갑자기 가슴이 뜨거워오고 있는 것을 나는 느꼈다.

문득 나는

　지금쯤 고향에서 태산목꽃을 무심코 바라보던 아내의 눈에서도 어쩌면 눈물이 피잉 돌았을는지 모른다고 생각했다. 그리고, 서러울 것도, 기쁠 것도 없는 나날의 무사를 축원하는 아내의 서투른 염불이 시작되었을 무렵, 우리들은 명동 어느 다방에서 커피잔을 기울이고 있었다.

　　그것은

　1969년 5월 어느날, 오후의 일이었다.

　　　　　　　──「서울 1969년 5월 어느날」전문

　남산은 중앙정보부가 있는 곳입니다. 그곳에 끌려갔다가 사흘 만에 풀려나 남산중턱을 내려오면서 쓴 것으로 되어 있는 이 시에서 "끝내／피잉 돌던 눈물은 사뭇 철철철 가슴벽을 타고 흘러가고 있었"던 바로 그것은, 아마 "흰옷과 평화만을 사랑해온 우리가 왜 이 지경에 이르고 말았는가" 하는 식의, 실은 우리 모두의 회오에서 오는 눈물일 것이라는 것이 내 나름의 짐작입니다. 그곳의 생리를 알 만큼은 아는 나로서는 그래서 그때 그 석정 선생님의 눈물은 당신 혼자만의 눈물이 아니요, 우리 모두의 눈물이라는 생각이 드는 것입니다.

편집 후기

신석정(辛夕汀, 본명 錫正)은 1907년 음력 7월 7석에 전북 부안에서 태어났다. 그의 조부는 이조 말엽의 지방관리로서 시문에 능하여 인근에 이름이 났고 부친 또한 성리학의 대가였던 전간재(田艮齋)의 문인으로 일가를 이루었다 한다.

당시 일제의 침략으로 농촌이 몰락하고 만경평야 일대의 대부분 농토가 일제의 농업자본에 잠식됨에 따라 그의 가족도 고향을 지킬 수 없게 되었던 듯하다. 여기저기 떠돌던 끝에 얼마간 가세가 회복되어 정착한 곳이 부안읍에서 조금 떨어진 선은동(仙隱洞)이라는 마을로서, 신석정은 나지막한 언덕이 있고 언덕 너머 바다가 내려다보이는 이 아름다운 마을에서 소년시절을 보내며 어느덧 문학에 심취하게 되었다고 한다. 특히 도연명(陶淵明)과 타고르의 작품을 즐겨 읽었고 스스로 시를 쓰기도 하며 1925년 경부터는 조선일보·동아일보 등에 자연을 동경하는 내용의 습작들을 투고하기도 하였다.

1930년 그는 고향에서 상경하여 지금 동국대학교의 전신인 불교전문강원에 들어가 불경을 공부하였다. 한편 원생들의 회람지인 『원선(圓線)』을 편집하기도 하였다. 그의 시작활동이 공식화된 것은 1930년 12월 박용철이 주재하던 시전문지 『시문학』 제3집에 「선물」을 발표함으로써이다.

이로부터 그는 정지용·이하윤·김기림·이병기 등의 문인들과 가까이 교유하면서 시인의 길을 걷게 된다. 1931년 불교강원을 나온 뒤에는 한때 입산할 것을 고려하기도 하였으나, 결국 시골로 귀향하여 10여 두락의 소작을 부치면서 시작에 전념하였다.

그의 첫시집은 1939년 간행된 『촛불』이다. 이 시집에 의해 그는 김동명·김상용과 함께 당대의 목가시인으로 지칭되었고 김기림으로부터 새로운 전원시인으로 주목을 받았다. 일제말에는 그 역시 숨막히는 곤핍 속에서 발표될 것을 기약할 수 없는 시들을 쓰는 일로 세월을 보냈다. 1947년 상자된 제2시집 『슬픈 목가(牧歌)』는 주로 이 무렵의 업적들이다.

해방과 분단, 동족상잔의 전쟁으로 점철된 역사의 격류는 신석정 시인에게도 견디기 힘든 시련과 고통을 부과하였다. 6·25 직후 그는 잠시 인신이 구속되기도 하였다. 그러나 그의 시에서 우리가 알 수 있듯이 그는 결코 어떤 특정한 사상적 경향을 의식적으로 추구한 인물이 아니다. 다시 말해 그의 전원시는 일제시대에 있어서나 해방후 남한사회에 있어서나 어떤 이념을 내장하기 위한 문학적 외피가 결코 아닌 것이다. 오히려 우리는 그가 줄곧 시골에 살았고 전원적 풍경을 주된 시적 대상으로 삼았음에도 불구하고 그의 시에 농민적 생활문제의 현실적 핵심이 별로 다루어지지 않고 있음에 커다란 실망을 느끼는 터이다. 그의 시가 묘사하는 전원이 어딘가 서양문학의 목가적 전통에 닿아 있는 듯한 느낌을 주고 바로 그 때문에 김기림 같은 모더니스트로부터 찬사를 받은 것은 민족문학자로서 신석정의 한계일지언정 결코 자랑은 아닐 것이다. 물론 그가 인간을 아끼고 자연을 사랑했으며 불의에 타협하지 않았다는 것은 두말할 나위가 없는데, 그러나 이만한 정도의 '평범한' 시인조차도 정치적 행적과 결부된 가당찮은 고초를 겪고 사상적 혐의를 뒤집어써야 했다는 것이야말로 1950년대 이 나라 정신사의 굴곡이 얼마나 처절하고 비합리적인 불행을 포함하고 있었는지 웅변해준다고 하겠다. 어떻든 그는 1956년 시집 『빙하(氷河)』로써 격동기의 써늘한 경험을 정리하였다.

이후 그는 전주고·전주상고 등에서 교편을 잡고 영생대·전북대 등에 출강하면서 제자들을 가르치고 후배들에게 따뜻한 영향을 주었다. 네번째 시집 『산(山)의 서곡(序曲)』은 1967년에, 그리고 생전의 마지막 시집 『대바람 소리』는 1970년에 나왔다. 그의 소시민으로서의 노년은 1974년에 마감되었다.

이 선집은 목가시인의 이름으로 전설화된 신석정의 시적 역정을 되돌아보고 그의 시의 문학사적 의의를 오늘의 눈으로 읽어보기 위해 편집되었다. 모두 5부로 나누었는데, 각부는 다음의 판본을 바탕으로 하여 각 시집의 제목을 부의 이름으로 달았다.

제 1 부   촛불(大志社, 1952)

제 2 부   슬픈 목가(大志社, 1952)

제 3 부   빙하(正音社, 1956)

제 4 부   대바람 소리(文苑社, 1970)

네번째 시집 『산(山)의 서곡(序曲)』은 제 4 부 '대바람 소리'에 포함시켰다. 시집에 수록되지 않은 작품들을 모아 제 5 부로 삼았다. 「방(房)」은 47년판 『슬픈 목가(牧歌)』에는 수록되어 있으나 52년 재판본에는 검열로 삭제되었다고 하며, 「슬픈 서정」은 일본에서 나오는 재일동포들의 잡지 『한양(漢陽)』에 발표된 작품으로 모두 5부에 실었다. 띄어쓰기·맞춤법은 원래의 시집을 존중하면서 현대화하였고 따옴표 등 부호는 '창비시선'의 관례에 따랐다. 제목을 제외한 본문 속의 한자는 최대한 한글로 고쳐 독자들이 읽기 편하게 하였다. 「춘수(春愁)」「소곡(小曲)」 등 제목이 같은 작품들은 편의상 1, 2 등으로 일련번호를 붙였다.

어려운 시대를 조심스럽고 깨끗하게 살면서 투명한 서정성의 세계를 문학에서 성취하고자 했던 시인 신석정의 모습이 오늘 우리에게는 너무 아련하게 느껴지기도 하지만 다른 한편 잊혀지고 버려진 것들이 문득 새삼스런 소중함으로 살아나는 듯한 신선함을 맛보게 하기도 한다. 어떻든 그의 삶과 시는 이제 우리 문학사의 일부로 자리잡았다.

1990년 6월

염　무　웅

창비시선 86

그 먼 나라를 알으십니까

초판 1쇄 발행 / 1990년 6월 30일
초판 12쇄 발행 / 2025년 3월 10일

지은이 / 신석정
펴낸이 / 염종선
펴낸곳 / (주)창비
등록 / 1986년 8월 5일 제85호
주소 / 10881 경기도 파주시 회동길 184
전화 / 031-955-3333
팩시밀리 / 영업 031-955-3399 편집 031-955-3400
홈페이지 / www.changbi.com
전자우편 / lit@changbi.com